台灣小說·青春讀本

文學是文化的精華，起源於生活，扎根於土地。

遠流出版公司

總序

許俊雅

記得十年前我初次看到橫式台灣地圖時，心中充滿驚奇與喜悅，不僅因它像一隻充滿想像的鯨魚，我想最主要的是它打破我平常的慣性認知。我只能大約看出它的輪廓，圖中很多區域不明，煙嵐樹林飄散其間，經緯度雖然沒有現在的地圖清晰，可是也就相對不是那麼機械化。那是一張充滿想像的地圖。

這世界是豐富的，沒有找到的、不確定的，永遠是充滿想像的空間，讓人無限的憧憬。而文學的創作與閱讀也是這樣，作家在創造形式與題材上，不斷向自己挑戰，作品所留下的廣闊想像空間，有待讀者去填補、延續，讀者則因各人不同的境遇、不同的學力、不同的生活經驗，同一部作品因人、因時而有不同的感受、領會，每篇文章具有雙重甚至多重的效果。

然而，近年我深刻感受到人類的想像力與創造力，隨著資訊的發達，影像世界無所不在的侵吞羈占，我們的想像與思考正逐漸在流失之中。想像力的激發與創造力的挖掘，絕非歸功聲光色的電子媒介，而是依賴閱讀，尤其是文學作品的閱讀。因此，我們衷心期待著「文學」能成爲青少年生命的伙伴。

青少年透過適合其年齡層的文學作品之閱讀，可以激發其想像力、拓展其生活經驗，使之產生心靈相通的貼切感。這樣的作品，不僅是他們傾訴、表達、質疑、宣洩情感的管道，同時也是開發自我潛能、了解自我，學習尊重他人與自然萬物和諧共處的途徑，通過文學的閱讀、交流，把心靈中美好的因素、崇高的因素調動起來，建立一種對生命的美好信心，及對生活的獨立思考。

我相信文學固然需要想像的翅膀凌空飛翔，但也唯有立於自身的土地上，才能感受到落地時的堅穩踏實。我們要如何認識自身周遭的一切呢？我固執地以爲文學最能說出一個人內心眞正的想法，透過文學去認識一個地方、一個民族、一群生活在這塊土地上的人們，遠比透過閱讀相關的政治經濟方面的報導來得眞切。因此這套《台灣小說．青春讀本》所選的小說，全是台灣作家的作品，這些作品呈現了百年來台灣社會變遷轉型下，台灣人的生活方式、歷史經驗、人生體悟、文化內涵等。

表面上看起來我們是在努力選擇，其實，更多的是不斷的割捨。割捨篇幅太長的小說，割捨隱喻豐富不易爲青少年理解的小說。「割捨」，使選編者不免感到遺憾，因爲每一位從事文學推廣的工作者，心中總想著帶領讀者進入繁花盛開的花園，而今可能只是帶來小小的盆栽，我們只能先選取這些作家這些作品呈現在你眼前。但有「捨」必然也會有「得」，「捨得」一詞可作如是觀。透過這一盆一盆的花景，我們相信應能引發讀者親身走入大觀園的興趣，而此時種下的文學種籽，値得你用一生的時間去求證、去思索、去體悟。

閱讀之餘，我們向作者致敬，由於他們的努力創作，讓我們有豐富的精神糧食，這時代除了儲存金錢、健康的觀念之餘，我們也要有儲存文學藝術的觀念，才能豐富生活，提昇性靈。我們也向讀者們致意，由於你們的閱讀與參與，因此使所有的過程變得更有價値、更有意義。

〔圖片提供者〕
◎頁一〇、七七、八四，楊翠提供
◎頁一三，丘小川攝
◎頁一八右上、右中、頁一九上左、上右、中、頁二一、頁二二、頁三一、頁三五、頁三九、頁五八、頁五九、頁六六上、中、頁六七右下、左上、左中、頁八〇，莊永明提供
◎頁一八左中，吳興文提供
◎頁一九下、頁二六、頁二七、頁六六下、頁六七右上，遠流資料室
◎頁六七下、頁七五左上、左下，大眾教育基金會提供
◎頁四三、頁四八、頁五五，國立台灣歷史博物館籌備處提供
◎頁七四上，溫文卿提供
◎頁七四下，陳璧月提供
◎頁七五右，張君豪製表、謝吉松繪圖

台灣小說·青春讀本 ❷
鵝媽媽出嫁
文／楊逵　圖／江彬如、鄭治桂
策劃／許俊雅　主編／連翠茉　編輯／李淑楨　資料撰寫／廖雅君
美術設計／張士勇、倪孟慧、張碧倫

發行人／王榮文
出版發行／遠流出版事業股份有限公司
台北市南昌路2段81號6樓
郵撥／0189456—1 電話／（02）2392-6899
傳眞／（02）2392-6658
著作權顧問／蕭雄淋律師
輸出印刷／中原造像股份有限公司
2005年7月1日　初版一刷　　2017年9月15日　初版五刷
ISBN 957-32-5557-X 定價 220元
（缺頁或破損的書，請寄回更換）

YLib 遠流博識網 http://www.ylib.com　E-mail：ylib@ylib.com

鵝媽媽出嫁

楊逵

一

這眞是件痲煩事：在春末夏初這個時節，那野草繁衍之盛，眞叫人急得手忙腳亂。拔了又長，除了又生，稍不經心它就在幾天之中把整個花圃佔滿了。

爲了憑弔年紀輕輕就去世的林文欽君，同時也爲了替他處理一些後事，我離家還不到十天，整個花圃幾乎又變成了草坪。花苗被野草掩蓋著，不把野草撥開就找不到蹤跡，而被野草搶奪了陽光和肥水的這些花苗，都變得又細又黃，非常軟弱。正像那些蒼白的智

識青年一樣，一點朝氣都沒有。因而枯死了的，也不在少數哩。

從林文欽的地方回家以後，我一直就在除草，已經五天了，除好的還不到三分之一，這些難以對付的野草卻又在最初動手的地方再長出來了，長得大約有一寸長。

我以討厭、痛心、氣憤和焦急的心情，一面除草，一面想起了林文欽君的夭逝和他那破碎的家。

園子裏長著很多叫做「牛屯鬃」的草，它們的根長

青年楊逵

楊逵，本名楊貴，一九〇六年出生於台南新化鎮。日本人在「礁吧哖事件」屠殺台灣人，對他的民族意識，有深遠的影響。十九歲時，爲了探求新思想，也爲了躲避家中安排的童養媳，東渡日本，白天打工維持生計，晚上在日本大學攻讀文學藝術。當時馬克思主義在全球盛行，日本的工運、農運興起，啓發楊逵與其他台灣留學生也共同追求台灣的解放，組織讀書會、研究馬克思主義，進而參加勞工運動。一九二八年，楊逵（前排右一）結束留學生活，返台參與社會運動。

得又密又長，像披肩的長髮一樣，非常棘手。就是站好「馬勢」，雙手緊握著「牛屯鬃」，再運用全身的力氣使勁的拔，也都動它不得。

我只好叫孩子來幫忙，父子倆合力連拔帶搖，費了好多工夫才「巴」的一聲拔起來，人也跟著倒下去，時常父子倆倒在一堆爬不起來。因爲它的根這樣旺盛，每拔起一叢「牛屯鬃」都會帶出幾株蔬菜、菊花、大理花等，非費不少的代價是剷除不掉它的。

我把「牛屯鬃」拿在手裏，驚歎地看它那密密麻麻

的根群，痛恨地把它擲在地上。

二

林文欽君——我認識他是在上野圖書館的特別閱覽室。

那是何年何月，現在都記不清楚了。無論如何應該是非常悶熱的一天，因爲我記得很清楚，那時濕透了的襯衫黏在我身上。而下面這些事情的回憶，卻是清晰難忘。

那個時候，我就讀於××大學，下午兩點到三點的

牛屯鬃

「牛屯鬃」是稱爲「牛筋草」的野草。牛筋草分布廣泛，喜歡生活在熱帶及亞熱帶地區，在台灣平地的路旁和田埂上都有生長。牛筋草的莖韌如牛筋，這正是它名字的由來，再加上它的根部非常發達，具有深根性，難以拔除。由於它的「怪力」，又叫做牛頓草、萬斤草、千人拔。

美學課，好像搖籃曲一樣令我打起瞌睡來，於是一下課，我擦擦睡眼，坐上電車，跑到常去的上野圖書館。我聽了這無關痛癢的課，總要打瞌睡，而且我筆記也記得慢，不能像其他同學一樣，把老師講課的內容和咳嗽聲都記錄下來。因此，我的筆記本很簡單，好不容易記下來的，只有肯定、否定、？和！而已。而且否定比肯定多得多，？比！多太多了。這就是叫我不能逛銀座，而成爲圖書館老主顧的理由之一。

這一天，我去圖書館，想從原始藝術的資料中找到論據，以解決筆記本上記下來的一些否定和？。我正專心在翻卡片時，有人從背後拍了一下我的肩膀。回頭一看，就是在同一學校讀經濟學的同學，他微笑地看著我那本與眾不同的筆記本。我和他在學校裏好像在某些聚會上只見過兩、三次，但還沒有個人的交誼。不過，憑直覺彼此都知道同是台灣人，又遠在東京，就這一點也足夠勾起懷鄉之情，令人欣喜。我們馬上成了好朋友。

我正專心在研究原始藝術的時候，他對原始社會的

經濟生活的豐富智識，幫我解決了許多問題。我們常常坐在公園的長板凳上議論，有時候話題延續到我的那三個榻榻米大的斗室，甚至移到他那四坪大的榻榻米房間。只有在這裏，他和我才像是高人一等的勇士。可是，他的生活是富足無憂的，我卻每夜要到夜市去做小生意來維持生活和學費，自然我的勇士臉孔在入夜的同時，就要變成一個卑躬屈膝的小商人臉孔了。

如此繼續了將近三個月，到他發現我這種夜晚生活

日本時代的台灣留學生

爲什麼要留日？

日治時期的教育政策主要是爲便利在台日人子弟升學，因此許多學校都只收日本學生，未顧及台灣民眾的需求。一九二二年之後實行日台共學制，但台灣學生的比率仍然偏低。以一九四四年時的台北帝國大學（今台灣大學前身，上圖）爲例，當時共有三百五十七名學生，台灣學生卻只有八十五名。此外，日本殖民政府也禁止台灣學生接觸本土思想以及文化啓蒙，唯有到日本以及中國等地留學，台灣學生才能吸收到法律、政治、經濟、社會等知識。

高砂寮

高砂寮是日本政府爲了收容東京的台灣留學生而設。儘管高砂寮設有舍監，經常對學生做思想上的監督與指導，但是低廉的費用還是吸引了一些台灣學生入住。日本關東大地震，高砂寮遭到嚴重損害，而由台灣人捐贈興建的新館，竣工後，卻不允許學生進入，只能住在頹圮的舊館中。

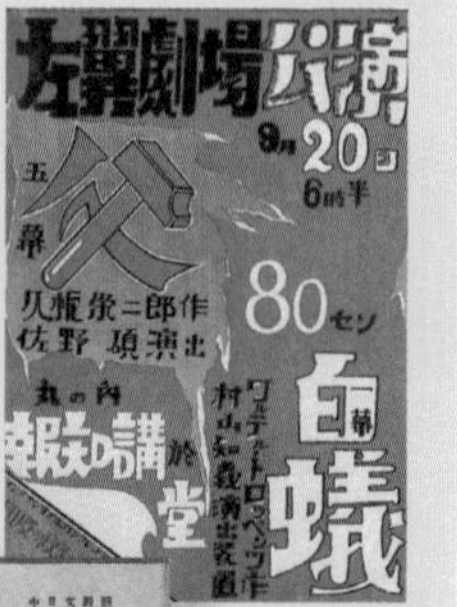

唸書、打工兼「運動」

留學生活除了唸書之外，還可以做什麼？日治時期的許多台灣留學生，除了唸書之外，還必須四處打工賺取生活費。楊逵在東京留學期間，就曾做過零工、送過報紙（日後因此寫作了《送報伕》），也做過水泥工。此外，當時許多留日的台灣留學生也積極投入各種社會運動。除了參與台灣民族運動之外，日本境內風起雲湧的左翼文化運動（最上圖）、工人運動與農民運動，也吸引不少台灣留學生投入。

台、日大商船

日治時期日本與台灣之間的主要運輸是客輪，楊逵《送報伕》裡的主人翁就是搭萬噸級蓬萊丸（右上圖）從日本返台，在「巨船蓬萊丸的甲板上，凝視著日本帝國主義占據下台灣的春日。」其他還有高砂丸（左上圖），和附有豪華頭等艙的高千穗丸（右下圖）等。高千穗丸在二戰末期，遭美軍魚雷擊沉，只有兩百多人生還，船上多爲返鄉的台灣留學生和商人，死亡人數超過著名的鐵達尼號船難。

到中國唸書

日治時期也有不少台灣學生選擇前往中國留學，但因爲官方禁止，所以想留學中國，必須「各顯神通」，或喬裝成船員偷渡，或以「迂迴」方式先到日本再轉中國。當時，上海屬於英、法殖民區，社會風氣開放自由，可容許各種政治思想，台灣留學生在此環境下接觸到多元的思想，紛紛成立各種團體關心台灣的前途，北京、廈門等地的台灣留學生也積極參與台灣民族解放運動。

時，他便把我的夜生活包辦下來，因此託他的福，幾個月來我也能和他一樣，完全變成一個勇士。

我比他早了五年回台灣來，但他一回來就來找我了。我正蹲在花園裏拔草時，不知何時他輕輕地走到我背後，就像初識時一樣，拍了一下我的肩膀。不過，這一次顯得沒有力氣。在這五年當中，彼此都變得太多了。我正在驚疑時，他可能也有這樣的感覺。不過，我覺得他變得比我多得多。以前的他是那麼公子氣概，那麼沈毅，那麼有魄力；現在呢？當時的形

台灣知識份子的覺醒

第一次世界大戰之後，民族自覺運動在世界各地風起雲湧，促使台灣知識份子對於台灣的未來，有了更積極的作爲。一九一九年底，林獻堂、蔡惠如等人集合了百餘名在東京留學的台灣學生，成立「啓發會」創辦《台灣青年》雜誌（右頁圖，後改名《台灣》，左圖爲雜誌社總部），成爲台灣

貌不知到底忘在那裏了。好久好久我才從那落魄男子的唇邊眼角認出他是林文欽君。

我回台灣後碰到的第一個問題是，我所專門研究的藝術，在台灣簡直連一片麵包都換不到，除了奇裝塗臉打花鼓去替人家做廣告以外，是找不到出路的。但是根據東京的經驗，我立刻把做這行的念頭拋到腦後。就只好當苦力，做泥水工混日子，七顛八倒把身體也弄壞了。好在得到朋友們的忠告與援助，才找到這塊土地開始種花。因爲種花雖然也是勞力，但總比

民族解放運動的先鋒。一九二一年，以蔣渭水爲代表的台灣知識份子，則發起「台灣文化協會」，以發達台灣文化爲目標，從都市到鄉村，舉辦密集的演講會、讀報會等，對台灣人反抗日本殖民統治的意識，影響深遠。

做苦力小工輕鬆。他來找我的時候，我剛開始種花的工作。他用不靈活的舌頭連說羨慕我。我扯扯一寸多長的懶鬍子說，「開玩笑！羨慕什麼？」

三

一見面我就看出他非常疲憊，而這種疲憊絕對不是因長途旅行，一定是由生活上急激的變動而來的，也一眼就可以看得出來。

他的臉上雖然沒有我這樣的懶鬍子，卻顯得枯瘦，蒼白；從前那副活潑、英俊的面貌是片影無存的了。

我到後面小河洗了手腳才帶他進了小茅舍。我這間茅舍佔地三、四坪，比在東京我租的房間——我們倆曾在那裏高談闊論的房間——是大了一倍以上。可是，一屋都被床佔滿了，四面都堆著書、衣服和其他零碎雜物；小孩們又把這些東西當做玩意兒拉出來玩，竟弄得連一席坐地也沒有。我趕快上去收拾了一下，才在破蓆角上弄出一個座位。

他一坐下就兩腿伸得長長的，閉上眼睛，身子倚在泥牆上，茫然若失的樣子。他的衣服碰上猶如濃粧女

人的臉一般的泥牆，沾滿泥巴。我急忙把他的衣服撣了撣，拿一張報紙墊在他背上。他竟說：

「不必不必，不要緊的……」

本來對於衣服他是很講究的，現在把它弄髒成這個樣子，他卻不去理會它。

「完全變了！」

我從頭頂到腳尖打量他，正爲這微不足道的小事感

慨時，他才懶洋洋地睜開了眼睛，慢慢談起一別五年來，他所經歷的故事。

四

林文欽君說，自從我回來台灣後，大約三年間，他還和以前一樣繼續著他的研究工作，可是從第四年起，他的父親就一直叫他回來，寄錢也不像以前那樣順利了。他馬上知道家裏的經濟情形一定來得困難了，但因不忍放棄自己的研究工作，便搬到我曾經住過的那間斗室，學我從前的生活方式，日復一日地努

力，想把他的經濟學體系化。

那時正是馬克斯經濟學說的全盛時代，但他的性格不喜歡流血，一直堅守著他的陣地，沒有接受這種科學的思維。可是他也相信，「一人積著巨富萬人饑」的個人主義經濟學在理論上已經過時，又因青年們共同的正義感，他從開始就一直否定這種理論。因此，他以全體利益爲目標，考察出一個共榮經濟的理想，在別人尚未提出之前，就開始研究計劃經濟方面的相關理論，設計一個龐大的計劃。

日本的工農運動

第一次世界大戰爆發，日本趁此機會發展工商業，完成產業革命，資本主義的經濟組織日趨成熟，勞工增加，勞資爭議卻日多，勞工運動因而興起。同時，佃農與地主之間的糾紛也頻傳，農民運動蓄勢待發。一九一七年，俄國革命爆發，馬克思主義席捲全球，日本不僅許多大學生研究馬克思主義，工運、農運也和無產主義、馬克思主義結合，出現階級鬥爭的言論。

他的性格很多是繼承了他父親的，而他的父親是家鄉很有聲望的漢學家，自然他自幼年時代就受到孔子很大的影響。

「有國有家者，不患寡而患不均。不患貧而患不安。蓋均無貧，和無寡，安無傾。」

孔子這句話，是他自幼年時代一直堅持著的信念。從我在東京認識他的那天起，就經常聽他反反覆覆地說這段話。

父子兩代的這種經濟觀念，使他為了後代設計一個可貴的經濟建設藍圖；卻也因爲這個經濟觀念，把他們一家的經濟基礎破壞無存了。貪心無饜的自私者們正在你爭我奪的這個年代，他們雖然念念不忘孔子之道，結果是連一點安靜都沒有得到，反而傾家蕩產了。他自己以爲這是沒有透徹「滅私奉公」所致，要是眞正徹底的話，是可以「傾而安之」的。

他的父親繼承了千餘石的祖業，十幾年來在林文欽身上所花的學費的確相當多，但是正如林文欽君把我在夜裏的小生意全部包辦下來一樣，他的父親包辦了

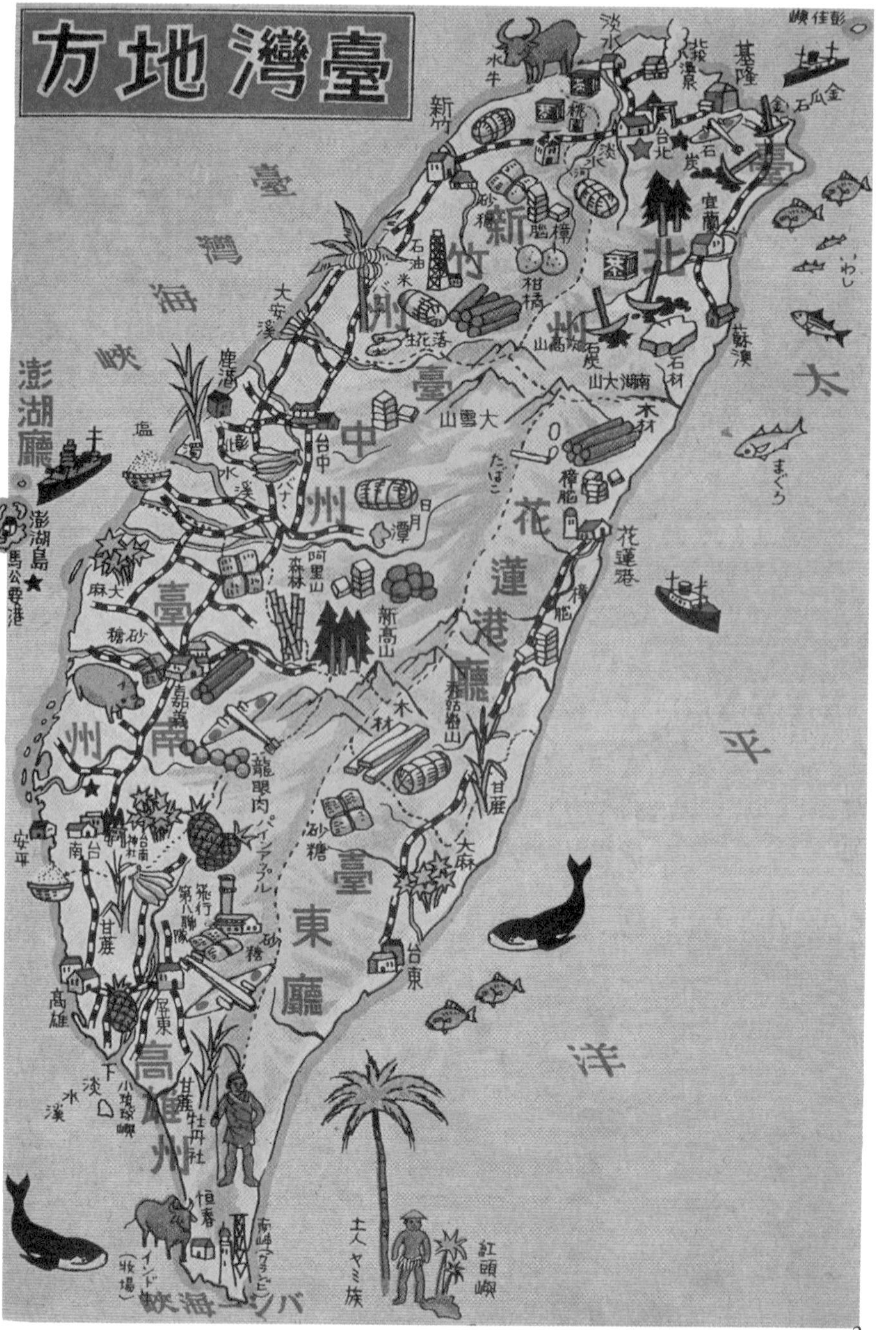

臺灣地方
彭佳嶼
淡水
水牛
新竹
北投溫泉
基隆
金瓜石
桃園
台北
淡水河
石炭
臺灣海峽
澎湖廳
澎湖島
馬公要港
新竹州
台北州
宜蘭
いわし
蘇澳
砂糖
樟腦
柑橘
石油
米
バナナ
大安溪
落花生
南湖大山
石材
鹿港
臺中州
大雪山
木材
塩
彰化
台中
濁水溪
たばこ
まぐろ
日月潭
花蓮港廳
花蓮港
阿里山森林
新高山
大麻
嘉義
臺南州
龍眼肉
パインアップル
安平
台南
甘蔗
飛行第八聯隊
台東
臺東廳
太平洋
高雄
屏東
高雄州
下淡水溪
小琉球嶼
牡丹社
恒春
インド牛
(牧場)
土人ヤミ族
紅頭嶼
バシー海峡

村裏三個優秀學生的學費，有窮人病了，他也替他們找醫生。連那唯一收入之源的佃租，他也從不逼繳，欠的也不追究。由於這種背離時代的作風，祖先傳下來的千餘石的美田甚至家宅都變成了債務抵押，整個被握在××公司的手裏了。破產宣告的危機就操在××公司李專務的一念之間了，眼下那危機就迫在眉睫。

說到李專務，這位紳士也並不是沒有情感的人。他再三親自向林翁保證，叫他不必憂慮。可是他提了一

工業日本，農業台灣

台灣位處亞熱帶，適合栽種稻米、甘蔗等農作物。日本統治台灣之後，實施「工業日本，農業台灣」的政策，台灣除了自給自足外，還擔負起供應日本國內糧食的責任。爲了達到目標，總督府積極發展農業。表面上台灣的農業迅速成長，但台灣農民在帝國主義與資本主義雙重傾軋下，卻過著悲苦的生活。

個叫不算頑固的林翁無論如何也不能接受的條件，這就越加添了林翁的憂慮和苦惱，也就是這一個條件，把本可死於安樂的林翁活活地給悶死了。

李專務所提的唯一條件，就是請林翁把他的女兒，林文欽唯一的胞妹，嫁給他做姨太太。他說，只要林翁答應這個親事，不僅不會被宣告破產，而且，比較有利的處理辦法是很多的，他一定會給林翁保留一些產業，讓他不致困於生活，而且還可以把林文欽安置於重要職位，讓他學有所用，以圖林家的復興。

這個條件對林翁而言，是莫大不過的侮辱。但這侮辱，在走投無路的時候竟也強逼著他再作一番考慮。

他想，反正自己是等待死的老人了，槍砲都不怕，破產宣告也算不了什麼！可是一想到將要出社會做事的兒子文欽和女兒小梅，卻使他頭痛。他知道，破產宣告一下來，這兩個年輕人的前途是不堪設想的。想來想去，終於噙著眼淚說一聲「好」就病倒了。可是小梅堅決地說，她可以死，但絕不能嫁給這個華而不

土地調查

日人治台之初，即進行土地調查，一方面是爲了了解台灣地理地形，有助於治安；另一方面整理田賦，既有利於財政，又可以誘使資本家到台灣投資。清代移民開墾土地，爲減少納稅，多半隱匿短報，山地森林等產權也極不完備；經由土地調查，日本殖民政府將大量產權不清的耕地及林地收爲官有，又以「土地收買規則」，用低價強制徵購台灣人現耕田地。經過這樣的鯨吞蠶食，全台土地總面積接近百分之七十歸殖民政府和日本財閥所有。左圖是土地調查員的大合照。

實的輕薄男人。而文欽也老早就知道自己的經濟學是發不了財的，當然不能犧牲了可愛的胞妹，又弄垮了自己的經濟學體系。到這最後關頭，林翁便束手無策了，不僅「傾也安之」無法得到，「死得安樂」竟也無他的份。

林文欽君到我的花園來找我，是他剛辦完了父親的喪事後。據他說，他和年老的母親、軟弱的胞妹三個人，在等待著可能明天就要下來的破產宣告。至此我才了解他說「羨慕」的真實意義。

在貧困中養育了我們兄弟的父親，他雖然沒有留給我們一坪土地，一所草房，倒也不給我們遺債；因此，在七顛八倒中我們卻還可以過著比較安甯的生活，這是多麼幸運呀！

五

又過了五個年頭。

在這中間，我因得到充足的陽光、清潔的空氣和適宜的勞動，在顛三倒四的生活中所累積的泥濘和肺病菌都一掃而空，恢復了健康。生活也因這幾年所積的經驗，過得安適一點時，突然林文欽君的訃聞來了。

我慌忙跑到他那裏去。五年前從我這裏回去以後，林文欽兄妹還再三受到××公司李專務的勸告與威脅。可是看過我的生活方式之後，他又覺得如此可以勉強度日，便斷然拒絕他的好意。而做爲其報酬的破產宣告也很快就來了。

他把剩餘的零碎家當賣完後，租了小小一塊水田，蓋了比我稍微好一點的茅屋，像個貧農一樣種地，養豬、雞、鴨、鵝，種些地瓜蔬菜勉強糊口。據他妹妹說，他到死前最後的一天，還到園子裏挖地瓜呢！

六

雜草已經拔下堆積了不少，我用畚箕收集搬到鵝舍，好做鵝的飼料。孩子們正在茅屋前喊著跳著。

——哈哈哈……

三歲的孩子學他哥哥姊姊們拍著手，很高興的樣子。只見一群鴨子伸著長脖子在跳著，爭吃吊在簷下剛割下來的小米穗子。

「爸爸！鴨子餓鬼！」

失去土地的農民

日本殖民政府在大規模土地調查之後，把小租戶確定爲眞正的土地所有權人，即小作人，納入管理（左頁圖），不過官商聯手侵占土地的例子，屢見不鮮。一九一二年，殖民政府不承認竹山居民的地契舊約，強制將居民歷代賴以維生的竹林讓租給三菱會社。從此，當地居民即使採一支筍，都需經過三菱會社同意。類似事件不斷在台灣各地上演。一九二五年間，台灣總督府更爲了安撫因人事精簡而退職的日本官吏，將當時的官有地（已有農民耕種但地權未明的土地）放租退休官吏，造成許多農民一夕之間生活頓失依歸。

這年四月才上小學的次男，拚命地拉著我的手說。這個孩子最近時常鬧肚子餓，到處找地瓜投在灶裏燒，以致被他母親叫做餓鬼；如今出現了一大群鴨的餓鬼，在他好像是得到百萬援軍似地，他極力要我注意這件事。

伸長脖子的鴨子，猛力扯落了兩三根小米穗子，一落地便爭相搶吃，接著又頻頻跳撲搶扯，底下的小米穗子已被吃光，鴨子只能仰頸呆望。如此，較低的都拉扯光了，再跳也咬不到了。這時從後頭跑來的一隻

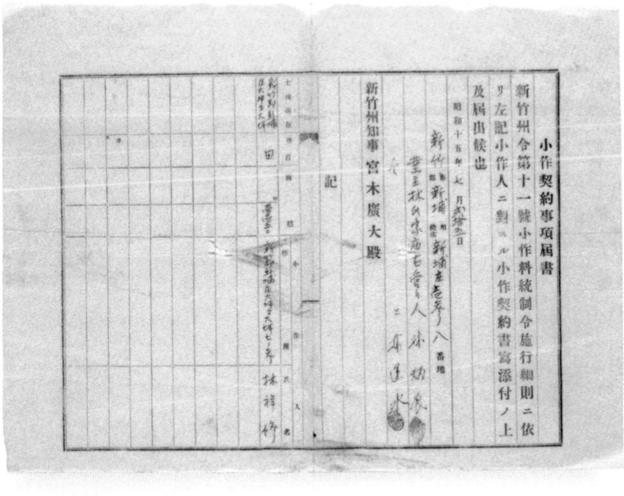
小作契約事項屆書
新竹州令第十一號小作料統制令施行細則ニ依リ左記小作人ニ對スル小作契約書寫添付ノ上及屆出候也
昭和十五年七月　日
新竹州知事　宮木廣大殿
記

竟踏在前頭的背上，勇猛地跳了一下。也許是綑著的草鬆了吧，牠這一衝，「啦啦啦……」地米都掉了下來，這隻勇敢的鴨子也翻了一個觔斗。在旁邊伸長脖子等著的一群一齊擁上來，把那隻翻觔斗的踹來踹去各咬一根就走了。這隻翻觔斗的被踐踏得呀呀叫，及至牠爬起來時小米穗子都被大家搶光了，剩牠一隻在那裏發怔。這個把戲非常有趣，我也不由得笑了，可是想起來倒是可憐的。是那個最勇敢的傢伙跳起來把小米穗子扯下來的，但是不但摔到地上摔疼了，還給踐踏得一塌糊塗，好不容易站起來一看，獵物已給搶得一乾二淨。這不得不令我回想起林文欽君和他的父親林翁，不禁滿腔憂鬱起來。但是圍觀著鴨子們的表演的孩子們卻直樂得手舞足蹈，比看馬戲還要高興。

「喂喂，要吊高一點才行呀！這是種子，給鴨子吃光了明年怎麼辦？」

我向和孩子們一樣在歡呼著的妻說。這比地瓜容易儲存，補充大米的不足是最好不過的了。尤其可以種在一畝一畝的花間，施肥除草不用另費工夫，又可節省地皮，同業們都說我這種作法爲二層式栽培法。

妻一面笑著，把剩下的收集在一塊，綑得緊緊的吊高起來。鴨子們把掉在地上的小米撿得乾乾淨淨，再伸長脖子向那吊得高高的小米望了望。大概是覺得沒有辦法了吧，才三三兩兩地四散而去。然後牠們伸長嘴，向小溝裏啄了一會，才戀戀不捨地走開，看來肚子餓得可憐。因爲沒有飼料，根本我就不想餵養的，可是渴望吃肉的孩子們，以爲養了幾隻，那一天就能吃到好吃的肉，就高興得很，於是我也就養了。可是

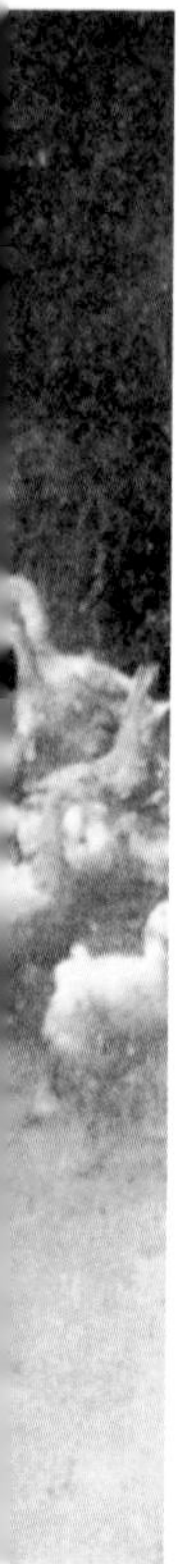

飼養家禽

傳統台灣農家的生計以耕作稻米爲主，遺落在田裡的稻穀及河裡的小魚蝦，則可以當做鴨鵝的食物來源，無需額外購買飼料，非常經濟實惠。因此飼養鴨、鵝，是農家常見的副業。

看見鴨子挨餓，實在於心不忍。可是鵝子只要有草就高興吃，如此也可以養大，所以養起來倒容易得多了。孩子們一下課回家來，或者收集我拔下來的草，或者收集他們自己從草地上拔下來的給鵝吃，有時候把鵝趕到草地上去吃草。天天這樣，已成爲很要好的朋友了。白白的羽毛閃閃發亮看來非常可愛。孩子們都喜歡把牠抱起來貼著臉玩，鵝子已經和孩子們很親近了，也乖乖地在他們懷裏叫。

——好重呀！

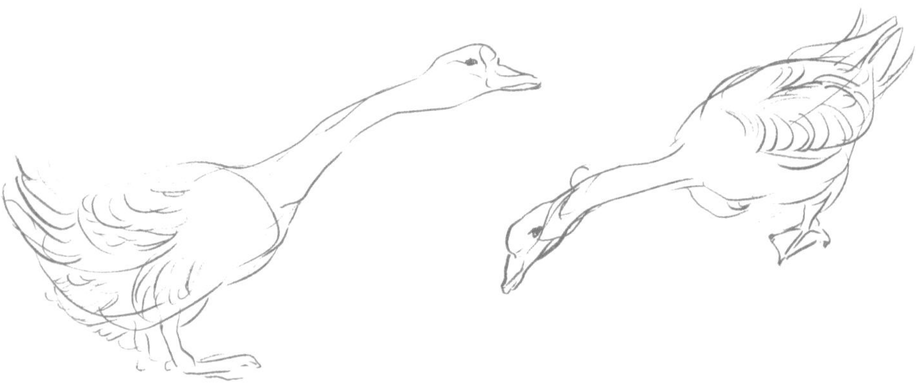

剛入小學的次男，學他哥哥也抱起一隻，因爲抱不動幾乎要把牠掉下來了，鵝子展翅驚叫。

「走吧！」

把鵝放下，兄弟二人便趕向草地上去。兩人趴在草地上高興地看著鵝子吃草，吃得很香似地。

在並不太寬闊的草地上，公鵝走了一步，母鵝也跟著走一步。有時候碰著屁股並排走著，就像很要好的新婚摩登夫妻的散步一樣，甜蜜蜜的。

「尪行某兒（跟）（夫唱婦隨），白鵝仔無雞過。」孩子們高興得什麼似地，又把俚謠改成這樣地大聲唱著，取笑這對恩愛的鵝子。

牠們都不理會孩子們的取笑，越走越靠得緊緊地吃著青草。

「爸，我們的鵝子什麼時候會生孩子？」

「不會生孩子的！鵝子會下蛋。」

「呀！蛋才生孩子？」

「嗯，蛋給孵了就出小鵝來。」

「我要小鵝！小梅她們的鵝子養了五隻小鵝！很好玩

的……」

「是嗎？我們的鵝子也這樣大了，我想不久就會下蛋……」

七

早就說要來的××醫院的院長，帶著總務到花圃來了。是爲著要在醫院種兩百棵龍柏而來的。

我這裏賣的主要是鮮花和盆景，至於樹木和樹苗到有訂貨時才請同業送來。同業者間各有專營，專營外的訂貨，一般都以賣價的七—八折互相分讓。

「這裏沒有現貨？」

「是的，都種在山上的苗圃……」

「那麼，什麼時候才能夠送來呢？」

「大約兩三天……」

四尺高的每株七十錢，三天以內送到醫院去……這次的交易於是成交了。

本錢一株五十錢，二百株可賺三十圓，挖掘、運費和種植的工錢估計約十圓，扣除了，最少還有二十圓左右的純利，這大致是不錯的。

養鵝人家

鵝是台灣早期農業社會裡常見的家禽，主食是稻米的副產品「粗糠」。用粗糠養鵝不會增加農家的負擔，反而是資源的充分利用。因為鵝非常容易飼養，若是沒有粗糠，只要以水與青草餵養亦可。尤其鵝最喜歡吃一種山萵苣，即俗稱的「鵝仔菜」，是免費又營養的飼料。

這個時候，孩子趕著鵝子一起回來了。

「唔，這兩隻鵝子都很漂亮！是你們養的嗎？」

院長把手放在孩子們的頭上問。孩子們被人家這一誇獎，樂得笑嘻嘻地向他吹噓說：

「很快就要下蛋孵小鵝了！」

「你們把鵝子帶到那裏去了？」

「到那邊草地上給牠們吃草，吃得飽飽的呢！」

孩子們很驕傲地回答。

「這麼勤快啊！好棒哦，長大了一定很了不起。」

「這隻是公的，那隻是母的，兩個眞相好呢，碰著屁股一起吃草哩……」

「前幾天有人送伯伯一隻公的，想把牠養起來，沒有母的也不行……」

院長似乎很爲難地說：

「是的，年紀大了，不給牠找個伴也不行……哈哈哈。」

陪他來的人爽朗地笑了。

「哈哈哈……一點也不錯。不給牠找個新娘子怎麼行……。對啦，你這隻母鵝是不是可以讓出來……」院長向我說。

孩子們聽到院長要我們的母鵝，便眨著眼睛，拉著我的衣袖。

「可是，我們只有這一對……你要的話，請等一等我再找一隻給你。」

聽我這樣一說，孩子們就放了心似地，急忙把鵝子趕進鵝舍去了。

「哦，是嗎，那就拜託了。」院長就開始在園圃中四處看了。

「這株文竹很不錯，一株多少錢？」

院長說著，又向與他同來的人說：

「種在我宿舍裏那個淡藍色的六角花盆裏一定很好看

……」

「就送給你吧……一株夠嗎？」

「那就謝謝你了！那麼，就送三株好啦。」

我用鏟子挖了三株長得最好的文竹，用報紙包好送給他。

「這是什麼？」

「百合的球根。」

剛挖出來的百合球根正排列在簾子上蔭乾。

「哦，百合球根是這個樣子啊？能不能送我一點？」

「好的，送給你吧！」

我挑了二十來個，又用報紙包好送給他。

「那是什麼，是不是繡球花？」

「是的，是繡球花。」

院長又叫我送給他。我說送給他可以，又挖出來用

報紙包好送他。可是院長的品味眞是高，再三告訴我，他喜歡花，也喜歡養花，大岩洞草啦，仙客來啦，菊花啦，大理花啦，如此要這個又要那個，眞叫我爲難。第一個問題是，我並非爲了消遣養花，由於賣了龍柏已經賺了二十圓左右，送他相當於三圓、五圓的贈品還可以。可是，院長想要，而我已經答應送他的，已經把可以賺到的二十圓抵銷了。

因此院長又說想要那一盆榕樹盆景時，我的不愉快就無法掩飾了。

台北苗圃・台北植物園

日治初期，台灣總督府在台北南門町選定八七五〇坪的土地設立苗圃，培育苗木，供公家機關、學校、公園、民間住宅庭園及行道樹之用。苗圃經過數次遷移，一九〇〇年在今日台北植物園的現址購地闢建，稱「台北苗圃」，除從事育苗外，並進行苗木栽培試驗。一直到一九二一年，台北苗圃才正式建制爲「台北植物園」。

「好的，讓給你吧。我也出租盆景，這一盆榕樹是爲要出租買來的。原價是六圓，照本讓給你好了。」我說道。無論如何，這個再也不能白送給他了。要是送了，別說賺錢，簡直是賠本。

「唔，六圓嗎？還便宜。不過，太重了不好拿……下次再拿好了。」的確，六圓是太便宜了。這是十年以上的古榕，造型美好，單是盆子就要三圓，是向回內地的人買來的，同業都說是難得買到的便宜貨。市價十二、三圓跑不掉。可是，院長口說不好拿，這個盆

景下次再說，他們兩人卻空手回去，讓我把贈送品都送到他家。

「呸！那有這樣的生意！」送那些贈送品回來後，我氣得發昏。

「還不如替乞丐搔癢……」妻露出不滿的神情說道。

這筆生意可以說是白做了。

八

第二天一清早我就到四、五處同業那兒去走了一轉找龍柏，預料會因船班關係和運費上漲而導致缺貨，

所以六十錢以下都不肯賣。於是再到鄉下種苗園去找了幾家，好不容易才買到五十五錢一株的。但隔天貨物抵達時，一看，運費及各種開銷皆貴得離譜，每株的成本竟貴到六十一錢一株。進價一株高出六錢，買入兩百株，多虧了十二圓。如此，連送他的花卉，已經虧蝕了一半。但價錢已經說定了，虧蝕還有什麼辦法，只好把貨送到醫院，雇了兩個幫手去種植。

當要種植的時候，院長和承辦的人都出來指揮，我們三個人整整花了一天的工夫，回到家時，天已漆黑。

又過一天，我把帳單送到醫院去，因院長不在，便交給了承辦人，請他幫幫忙盡早付錢。他把帳單看了看，說要付帳時會通知我，便要走了，我慌忙叫住他問：

「是什麼時候？」

他歪著頭想了想說，「也許是月底吧。」

已經是二十二號了，到月底只剩一星期的時間，我想也好吧，就回家了。然後我寫信給種

苗圃工人

日本殖民政府廣設苗圃，培育扁柏、紅檜、柳杉、台灣赤松、鐵刀木、雞納樹、銀合歡等各種經濟林種，苗圃最多達上千家，圖為當時的苗圃工人裝束。

苗園，說月底以前一定會付錢。因爲夏天是淡季，每天入不敷出，所以我先付二十圓做訂錢，餘額九十圓算是借的。種苗園馬上回信抱怨，「本來說好，貨一到就付款，那裏能等到月底。可是，事到如今沒有辦法，勉強等到月底吧。但是到時候絕不能違約。」

聽他這樣一說，我就著急起來，六神無主。醫院到月底前是不是眞的會付錢呢？如果他們又延期的話，我怎麼還這筆債？想來想去沒有頭緒。我一向是很怕見債主的面的。

因此到了三十號，醫院還沒有通知付錢時，我便一清早就去探問消息。等了好久好久才看到承辦的人來上班，我便急步趕過去。

「什麼事？」他直望著我，卻理都不理。

還有「什麼事」嗎！我心裏難受極了。只好平心靜氣，同他說明來意。他說：

「唔，種花的。糟了，院長說你送來的龍柏和樣品不同，這樣細長的，七十錢太貴了。」

「樣品？是那兒的樣品？」

我心裏很生氣。

「在你花園裏不是有幾株嗎？六尺高，長得這樣粗壯的。可是你們送來的，又細又弱。」

「誰說那是樣品呀？那是已經栽培得很好的庭樹，你們訂的是四尺高的苗木，而且密植在一起，當然是細長的。」

「這就麻煩了，可是院長這樣說呀……那麼，回頭再跟他說說看吧！」

已經月底了，還要說說看。我再也不能這樣慢騰騰地等下去了。

「請你馬上跟他說說看好嗎？」

「好吧，那麼你在這裏等一下。」

說著他就出去了。我想事情麻煩了，事到如今還提什麼樣本，看來不會輕易付錢。況且，我約定種苗園付款的月底就在明天，這叫我心焦如焚。可是說要去跟院長說說看的承辦人，卻等了好久還不回來。

病患越來越多。

沙沙沙沙雜雜雜雜拖著草鞋的聲音雜沓迴響著。我

走到走廊，向院長室望了一望，只見那些病患憂鬱、苦楚的臉，沉重的呼吸，也有用紗布包著半個腦袋、像鬼似的臉等等，真叫人煩躁。可是這種氣氛一點也不熱鬧，只能加深我的鬱悶感。

等了好久好久——起碼我覺得是這樣——承辦的人出來了。

「等一會再跟他說吧！現在院長忙得很。」

如今我也不想再說什麼了。雖然也面臨走投無路的關頭，卻不敢讓那些痛苦的病人等著，而先來辦我的

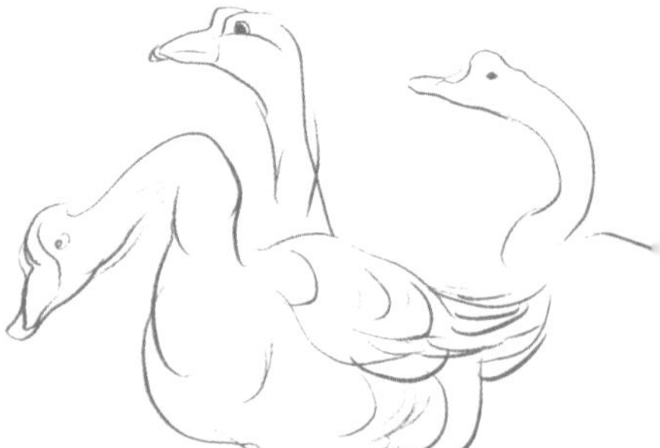

事情。

「那麼！就請你多幫幫忙。因為這錢是要還給人家的……」我就欲哭無淚地走了出來。

回到家裏也無心做事，整天愁得坐立不安，等到中午再跑到醫院去。承辦人先不提有沒有告訴院長，說來說去都是：跟樣品不一樣啦，比市價貴啦。

我已經沒有心情和他從容鎮定地討論，覺得不親自和院長談可能沒完沒了。因此我再一次告訴他，絕不比市價貴，付錢的期限就迫在眼前，請早點結清。反

日本時代的台灣農民

糖業台灣

台灣在荷蘭占領時期引入甘蔗的栽種，成爲砂糖的輸出地，也是日本的砂糖供應地。當台灣成爲日本殖民地之後，製糖業，更成了台灣產業的基礎。在各種保護政策下，許多日本財團紛紛來台牟利。許多中小型舊式糖廍逐漸消失，取而代之的是矗立在嘉南平原上的巨大糖廠，以及遠遠可見的高聳煙囪。

猛虎社會來食人

但是糖業的現代化，並未對蔗農帶來好處，反而遭受製糖會社更多的剝削。「指定原料採取區域制」是各種不公平制度中的首惡，糖廠周遭若干蔗園爲指定原料地，蔗農不得將甘蔗外賣他地，形同賣身糖廠；同時，收購價格由糖廠單方面決定，蔗農無權參與，只能對著低賤的價格嘆氣。糖廠秤量甘蔗（下圖）時，也總是挑三揀四，在磅秤上做手腳，欺騙蔗農，因此「第一憨，種甘蔗給會社磅」的俗諺，廣爲流傳。

官商壟斷農民的生路

除了糖，米、茶、香蕉等台灣重要的經濟作物，也受到殖民政府和財團的控制。例如香蕉的運輸、輸出與販賣，就是由半官方組織「青果會社」一手包辦，利用政治權力壓價收購，獲取暴利。員林地區的蕉農曾經企圖自由輸出，但兩千簍香蕉運到基隆港後，台灣總督府卻指示大阪商船拒運，任由腐爛。

收穫作業　甘蔗の貨車積

奮鬥兩年，只賺十塊錢！

日本殖民政府在台大力推動糖業，蔗糖產量增加，價格不斷上漲，但在糖廠層層控管下（下圖），猶如農奴的蔗農每斤糖的收入，卻從一九二一年的一一點六錢，降到一九二七年的五點九錢。根據《台灣民報》在一九二五年〈種甘蔗呢？種雜穀呢？〉的統計，當時的蔗農從植株開始，需要兩年的時間才能收穫（右圖），收支相減後，利潤只有區區十塊錢！生活之艱苦，不言可喻。

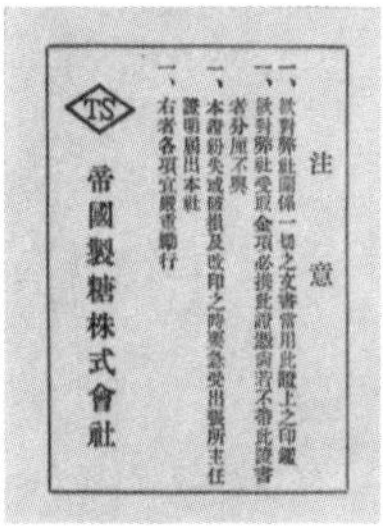
注意
一、於對弊社關係一切之文書當用此證上之印鑑
一、於對弊社受取金項必携此證無者若不帶此證書者分厘不與
一、本書紛失或毀損及改印之時要急受出張所主任證明屆出本社
一、右者各項宜嚴重勵行
TS
帝國製糖株式會社

耕作人證
第 八六六五 番
住所
氏名
印鑑
發行日 14.4.7

二林事件

苛政底下，二林地區的蔗農因飽受林本源製糖會社的各種罰則之苦，曾多次串連向糖廠爭取公平待遇。一九二五年，「二林蔗農組合」向製糖會社交涉談判，希望能在收割蔗作前先談好收購價格，糖廠不但悍然拒絕，又在警察坐鎮下強行採收，與百餘名蔗農引發肢體衝突。翌日，日警逮捕了九十三人，史稱「二林事件」，爲台灣史上第一樁農民抗爭。這張照片是被告的農民和幹部在公審後的紀念照。

反覆覆地說了一堆，連我自己都覺得說膩了，也就走出去，順腳走向院長室。中午的醫院與早晨不同，好像剛退了潮般，冷冷清清的。

我問護士，他說院長去查病房了。我只得坐在候診板凳上等著。在這靜靜的走廊裏，我焦急地想辨認每一個腳步聲，如果有人看見我的臉孔，一定會誤爲精神病患。我掏出曙牌香煙抽著，但是這也不能像平常一樣把我的神經鎮定下來。大約等了兩個小時左右，院長室的門聲響起，我看到有一位穿白色診察衣的男

人進去。

我認爲是他回來了，就馬上站起來，伸頸窺看，卻是助手不是院長。

我再回到候診板凳上繼續等。如此無聊的時間，我一輩子從沒有經驗過。大約再等了半個小時，終於和院長見面了。

我爲求得事情的順利解決，抑制著感情，先把他委託我代找鵝子新娘的事情講了。我說，孩子們爲他找到一隻母鵝。價錢每臺斤一圓二十錢，是一隻八臺斤半的美麗母鵝。我以爲這一隻不到十圓就可以買到的鵝子新娘，一定會使院長高興的，這樣一來，我的事情很快就會解決。院長只說了一句，待會兒再看看吧，既不說要，也不說不要，當然所期待的喜容是看不到的。好像連鵝子的新娘都要他自己看中意才能滿意似的？院長如此高深莫測，令我很爲難，可是，我還是把我的事情提出來。他和這幾天見了兩、三次的承辦人一樣，說來說去只是：跟樣品不同啦，比市價貴啦。討價還價我是做不來的，於是我直接了當地說道：

「交貨時院長不是親自出來檢交的嗎？有什麼不對，跟樣品不同也好，比市價貴也好，該那個時候說，怎麼能到現在才提起？」

「你呀，你怎能怨懟我呢？那個時候說不對當然也可以，可是既然你把樹都送來了，要是那個時候，我說不對，讓你拿回去的話，你不是很麻煩嗎？我是同情你才這樣做的，你竟怨言連篇……況且我以爲你是懂事的……」

懂事的？四尺高的樹苗，我們鎮上一帶絕對找不到更好的。說什麼市價，可是從上次走了一圈的經驗看來，我相信不會有種苗園七十錢以下肯賣的。更何況，連送他的贈品，已經虧損了十多圓，還想叫我怎麼辦？他的意思我根本就不懂。

可是如同他所說，過了幾天我才瞭解到其中的奧妙。雖然非常不愉快，但這時我只希望他早一點付清，就是再賠一點也無所謂。因為我已經對種苗園老板違約多次，如此，還有什麼臉見人？於是我硬著頭

皮頂撞他：

「那麼，這樣子吧，我們一起到您認爲最便宜的種苗園看一下，一樣的貨要是有更便宜的，就把最低的價錢算給我好不好？」

我是有相當的把握才這樣說的，他卻口氣輕蔑地哈哈嘲笑著：

「你眞傻！我那裏有這閒工夫呢？你不像個生意人……」

「不像生意人？……」這句話讓我詫異。這到底是什

「台灣農民組合」運動

「二林事件」之後，台灣農民運動迅速發展，各地農民組合陸續成立。爲了能集中力量，各地農組並在一九二六年串聯成立「台灣農民組合」。農組以戰鬥般的行動站上火線，廣設支部、舉辦農村巡迴演講會、指導農民與官商抗爭，兩年內，共發動了四二〇件抗爭，其中最知名的是「中壢事件」，以傳單（左圖）來策動農民的抗爭。

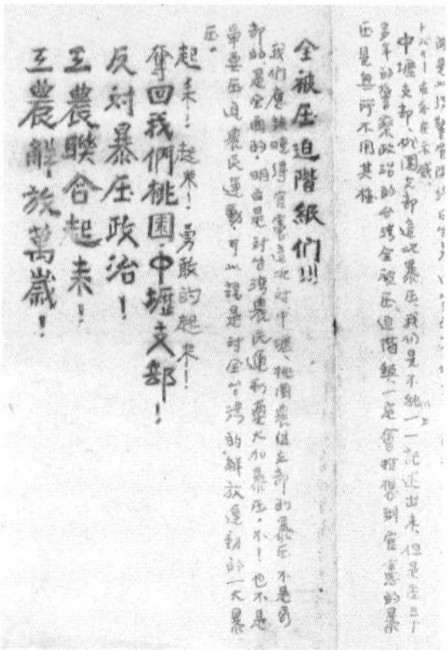
中壢支部、桃園支部遭此暴压，我們是不能一一記述出來，但是至二十多年的警察政治的台湾全被压迫階級一定會推想到官憲的暴压是無所不用其極

全被压迫階級們!!!

我們應該曉得官憲這次对中壢、桃園農組支部的暴压，不是對部份，是全面的。明白是對台湾農民運動要大加暴压。不！也不是单要压迫農民運動，可以說是对全台湾的解放運動的一大暴压。

起來！起來！勇敢的起來！

奪回我們桃園、中壢支部！

反对暴压政治！

工農聯合起來！

工農解放萬歲！

左傾與內鬥

農組長期與堅持無產階級路線的「日本勞動農民黨」及「日本農民組合」結盟，並受其思想指導，因此部分農組領導人傾向無產階級社會運動，強調階級意識。一九二八年，台灣共產黨成立，積極加入農組的運作，農組部分領導人愈趨左傾，造成成員之間的路線分歧，楊逵、葉陶、吳石麟等「反幹部派」就在一九二八年六月被解除職務，在這張當年底的農組大會上，於是沒有他們兩位。

二一二事件

日本政府極力阻止共產黨在國內及其殖民地的蔓延，爲了防堵農運並阻止農組與台共掛勾，台灣總督府在一九二九年二月十二日天未亮時，同時在台灣各地的農民組合本部、支部以及主要幹部的住宅等三百多處，展開突擊搜查與逮捕行動。結果查扣證物兩千多件，逮捕五十九人，核心幹部十三人被判刑入獄，這是公審後的成員紀念照。

農組的沒落

「二一二事件」後，農組各支部的活動地下化，下圖大湖支部成員中的簡娥（女學生裝扮者），即化身農婦，在中壢、桃園一帶活動。許多人加入台灣共產黨，使得台共在農民組合的地位更加鞏固。一九三一年三月起，台灣總督府逮捕台共份子，到當年年底爲止，總共逮捕了三百多名台共相關人士，農組亦受波及，領導人簡吉被判刑十年，農組遭受重創，台灣近代第一波火力強勁的農民運動，就此落幕。

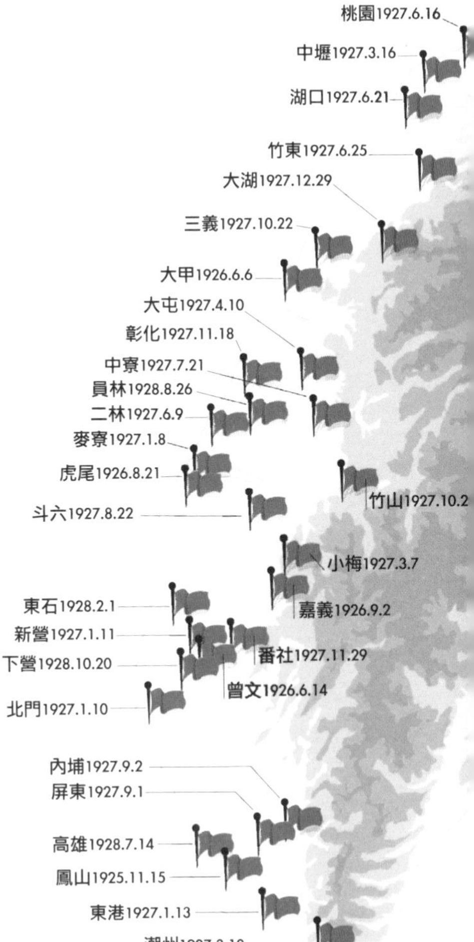

麼意思，的確，我賣的是鮮花和盆景，而且都是五錢、十錢，最貴也不過三、五圓的生意罷了。客人來買花，價錢說定了，就是一手交錢，一手交貨。貨多的時候，如果對方嫌價錢貴，少算點也可以。可是像這樣超過一百圓的大宗生意，還是頭一次，難道這樣的大宗生意，就會有特別的規矩？不管怎樣，如今我還欠人家的債，只希望能早點解決。今後，像這樣麻煩的生意，就是有再大的利潤可圖，我也不敢領教了。況且這次我已賠了不少錢，這樣做他還說我不像

楊逵與社會運動

楊逵一生積極參與社會運動，曾多次被捕入獄，參與社運，也讓他結識了生命中最重要的伴侶與同志——妻子葉陶。「二一二事件」爆發時，他倆原本準備在新化結婚，不料雙雙被捕，手銬與腳鐐扣在一起，被楊逵戲稱是一次官費的蜜月旅行。這是楊逵一段相當戲劇化的人生插曲。之後，楊逵與台共之間衝突不斷，分別遭到農組與文協除名，參與社會運動的腳步因而停頓下來。這張照片是一九三七年楊逵（左二）、葉陶（左一）歡迎日本反殖民主義作家來台的照片。

個生意人，那麼，這位會做生意的醫學博士，我該另眼看待了！

「是的，這樣的大宗生意我全無經驗，說實在，我什麼都不懂。可是我確信價錢是絕不會貴的。但我說不貴，先生說貴，我請你一起去問問別的種苗園作作比較，你又說沒有閒工夫，這樣下去，豈不是抬死槓，沒完沒了？反正我已經受夠了，情願虧本。所以，請先生幫幫忙，乾脆一點好嗎？你儘管說，什麼價錢才不算貴？」他仍然露出一副嘲笑的臉孔。

「好吧，那我再商量一下……」

「還要跟誰商量呢？先生，不能現在就作一個決定嗎？」

「不行！」

他打了個呵欠站起來，我又不得要領，只好回家去了。

九

月底就這樣過去了。在新的月份裏我又跑了五趟醫院，幾乎連著每天都去。有時找不到人，找到時也是得不到確切的答覆。我氣得幾乎要發瘋了，但拿不到款就無法清還種苗園的帳，只好當個笨瓜忍受了。最後他把價錢殺到每株五十五錢，我也答應了，如此雖要損失四十多圓，可是如果能這樣簡單解決，就是虧本，不知怎的，我也不在乎了。如此事情解決了，我的心情從那天起就可以恢復平靜了。可是話雖說定了，付款時間他還不說個明白，一口咬定說，決定了再通知，問了幾次也都一樣。

種苗園連續來了幾張信，催得越來越緊，害得我又

狼狽不堪。

如此這般再過了十天，種苗園的老板親自找到家裏來了。我呆呆坐在桌前兩手托腮沈思苦想時，他帶著氣憤的臉容走進來。我趕快放下手請他坐，然後一五一十地訴說著付款拖延的原因，請他原諒。

「哈哈哈哈……」

種苗園老板聽著聽著，臉上的怒氣逐漸消失，最後卻大笑起來，叫我吃了一驚。

「這筆帳我代你收好了。」

他笑完後，很有把握似地說道。

「你要替我收？這話是眞的嗎？」

「誰會騙你？學校或旁的機關因種種關連，有時候也許會拖延一點時間……醫院是獨立會計，只要他有心付款，隨時都可以付。」

「可不是嗎！他們看來就是沒有誠意付款，所以眞叫我爲難。」

「你那隻母鵝，可以讓我帶去吧？你不甘心嗎？那我就沒有辦法了！他要的時候，就是妻子、女兒也要讓

楊逵的小說

楊逵的第一篇小說是〈送報伕〉，在《台灣新民報》上連載，因尖銳批判資本家壓迫勞工，連載一半就被官方查禁。一九三四年小說入選東京《文學評論》第二名（首獎從缺），是第一位打進日本文壇的台灣作家。這本日本出版的小說選集，則以〈鵝媽媽出嫁〉爲封面主題。

出去。只不過是一隻鵝罷了，你怎麼這麼不懂事？」

我對他解釋，這隻鵝是孩子們最喜愛的，要是讓出去，孩子們就太可憐了。他笑起來，笑聲大得嚇人。

「又不是孩子們的媳婦。鵝子，都是一樣的，再買一隻充充數，不就得了嗎？」

他說著說著走到鵝舍抓鵝子去了。鵝子對著陌生人打著翅膀亂叫著，可是他輕而易舉地用稻草把鵝的兩腳綁了起來。在債主面前，我是沒話可說的。

如此，我聽從他的指揮，手拿母鵝跟他一道到院長宿舍之後，再到醫院找院長。

見到了院長，種苗園老板先說已經替他找到了鵝子新娘，已經送到他家裏。鵝子的新郎新婦都和睦相親，樂得什麼似的……

如此一說，院長的態度立刻改變。變成了一個既可

靠又可愛的好好先生。

「唔，眞的，那太謝謝你啦！」

他竟說出這樣的話，讓我吃驚不小。

「你們請等一等吧！」他說著走出去一趟，很快就回來了。隨即叫我們馬上到會計那裏去拿錢。在等待的短短的時間裏，他也吩咐護士泡茶。

而到會計拿錢時，更叫我大吃一驚的是，拿到了錢一看，不是按照一株五十五錢算，而是每株照舊帳單給了七十錢，他們本來認爲太貴，談不成生意的。一

東海花園

楊逵五十六歲時，從綠島出獄回到了台灣，經友人幫忙向銀行借貸五千元買下東海大學旁的一塊荒蕪土地，開始經營「東海花園」。原本一片起伏不平的山丘地，經楊逵（右一）、葉陶（右二）一家人的努力，成了美麗的花園。楊逵後半生就隱居於此，過著自在的田園生活。晚年，楊逵曾夢想將東海花園捐出，以眾人的力量合建文化村，可惜始終未能如願。一九八五年過世，楊逵安葬在東海花園葉陶墓旁。

出了醫院，種苗園老板回頭向我笑笑說：

「怎麼樣？他所要的都給他好了。這樣的話，就是每株開一圓，甚至一圓五十錢的價錢，他也絕不會說貴的。」

我就此說了一聲謝謝，隨即算還了他的殘帳。

在回家途中，我手裏拿著那些剩餘的錢，心裏非常不安。這三十圓……說來這並不是賺的，是免於損失的。我一方面覺得得救了，一方面心情還是不爽快。

回到家裏時，因爲是禮拜六，孩子們也都下課回來

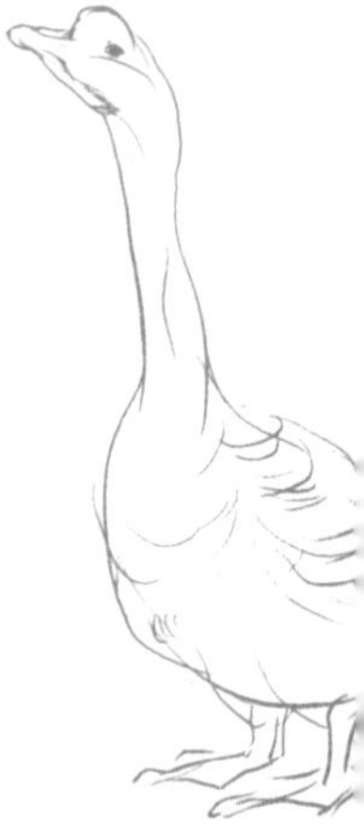

了。照常把鵝子趕到草地上吃草，雖然也是照常趴在草地上看他們吃草，可是，卻消失了從前的天眞活潑，顯得寂寞悲傷。失了老伴的鵝子，時而伸長著脖子，左尋右覓，一面走一面嘎嘎叫。

「老伴呀！你到那兒去了？」

好像是這樣叫著尋覓他的老伴似的。

——葉笛、清水賢一郎根據《中外文學》第二卷第八期（一九七四年一月）版校譯

——彭小妍、黃英哲校訂

楊逵創作大事記

一九二五年　專檢及格，考入日本大學專門部藝能科夜間部。日間當送報伕、泥水工等，賺取雜費與生活費，常在飢寒交迫中掙扎。

一九二六年　組織文化研究會，參加勞工運動、政治運動。

一九二七年　應台灣文化協會召喚回台。起草台灣農民組合第一回全島大會宣言。

一九三二年　小說〈送報伕〉經賴和之手，刊載於《台灣新民報》，只刊出前半部，後半部被查禁。因羨慕《水滸傳》的李逵，首次以楊逵爲筆名。

一九三四年〈送報伕〉全文入選東京《文學評論》第二獎（第一名從缺）。乃是台灣人作家首次進軍日本文壇，惟該書在台灣卻被禁售。擔任《台灣文藝》編輯委員，負責日文版編輯，日薪十五圓。

一九三五年　創立「台灣新文學社」及《台灣新文學》雜誌。

一九四二年〈無醫村〉、〈鵝媽媽出嫁〉先後刊於《台灣文學》及《台灣時報》。

一九四五年　日本投降後，首陽農場改「一陽農場」，發行《一陽周報》。

一九四六年 台北三省堂刊行日文小說集《鵝媽媽出嫁》。台灣評論社刊行〈送報伕〉中日文對照本。

一九四八年 發表〈作家到人民中間去觀察〉、〈尋找台灣文學之路〉，〈模範村〉刊於台灣文學叢刊。

一九四九年 因起草「和平宣言」草案被捕，後判刑十二年。

一九六二年〈春光關不住〉發表於《新生報》；〈園丁日記〉、〈智慧之門〉發表在《聯合報》；〈才八十五歲的女人〉發表在《新生活壁報》。開始經營東海花園。

一九七四年〈鵝媽媽出嫁〉、〈送報伕〉在《中外文學》及《幼獅文藝》重新發表，此後，台灣文藝界對楊逵評價逐漸升高。

一九七六年〈春光關不住〉改題〈壓不扁的玫瑰花〉收入國民中學國文教科書第六冊。

一九七九年《光復前台灣文學全集》由遠景出版社出版，收有楊逵的〈送報伕〉、〈泥娃娃〉、〈頑童伐鬼記〉、〈無醫村〉四篇小說。

以小襯大

〈鵝媽媽出嫁〉能掌握住時代的大問題，並以洗鍊的藝術表現出來。小說諷刺日本標榜的皇民化「共存共榮」的荒謬膨脹跋扈，是強勢民族鞏固自己地位，壓榨弱勢民族的好聽話罷了。楊逵曾解析〈鵝媽媽出嫁〉創作背景：「因為當時各級公務人員多貪污腐敗、收回扣、經常要索紅包，我想用鵝來代替算是一種創新。」

小說以追憶新喪故友林文欽為始，把現實的殘酷與林文欽所研究的共榮經濟理想，共同呈現為反諷的對比。小說技巧有兩點可以留意：

一、以小襯大，凸顯時代：以日常生活的小事襯托「共榮共存」的大問題。公立醫院的院長帶來一筆對主人而言金額巨大的生意，但院長希望得到「鵝媽媽」作爲贈禮。只是孩子們捨不得，主人也不忍拆散鵝夫婦，因此沒能如院長所願。未料，院長開始藉故拖延付帳，最後主角終於明白關鍵所在，不得不抓著母鵝送到院長家，這才順利地完成這次交易。這就是「鵝媽媽」的「出嫁」。作者描繪被強嫁到院長家的鵝新娘時，寫牠初時驚慌，繼而寂寞地面對新處境，而主角的孩子也因之失去天眞活潑，失去老伴的鵝，失去媽媽的小鵝，則寂寞悲傷，發出悲苦的叫聲。這樣的意境，實已清晰地呈露主旨：鵝媽媽的出嫁，即是共存共榮經濟體中深受其害的台灣人的畫像。被犧牲的鵝媽媽與人一樣是有情感有生命的，然而牠不會說話，牠是弱者，無力去對抗不公。作者將題材置於共存共榮的大背景下，就使整篇文章意境更加開闊，可

說是大時代中的一個縮影，在那樣黑暗勢力的時代，其實有很多的「鵝媽媽出嫁」。

二、本來只是一場平凡的商業交易行爲，小說的藝術設計，使得內容更深化爲政治意涵的批判。這主要是主角和院長完成交易後，面對商人朋友所謂「共存共榮」的玩笑時，主角這時回想起林文欽一生的理想，再對照當下苛酷的現實，不免感慨萬千。作者很高明的先於小說開頭點撥出主角的朋友林文欽所研究的共榮經濟理想，最後家破人亡的故事，這先埋下的伏筆，與後來主角的遭遇緊緊相扣，在嚴竣的政治議題下，情節巧妙，想像力高超，幽默地揭穿了「大東亞共榮圈」的謊言。沒有直接去渲染日本對台灣人的剝削，他用了先後映襯的手法，出奇制勝，可說用力少而收效多，既避免了聲嘶力竭正面議論的窘態，也拉開了更大的思考空間，使作品藝術性更為圓滿，作品更自然感人。

國家圖書館出版品預行編目資料

楊逵——鵝媽媽出嫁／楊逵著；鄭治桂，江彬如繪. —— 初版. ——臺北市：遠流，2005
[民94]
面； 公分. ——（臺灣小說. 青春讀本；2）

ISBN 957-32-5557-X（平裝）

850.3257 94010492